Disney · PIXAR

1/2的魔法
ONWARD

新雅文化事業有限公司
www.sunya.com.hk

戰士與魔法

伊仁・拉夫

伊仁・拉夫是個住在新蘑菇鎮的少年。他的生活並不容易，為人欠缺自信，想邀請同學參加他十六歲的生日派對，也不知如何開口，連學駕駛也比他想像中困難。伊仁很仰慕爸爸偉登・拉夫，希望自己可以像爸爸般勇敢。爸爸在伊仁出生前就過身了。伊仁願意不惜一切，只想有機會跟爸爸説話，只要一次就好……

巴利・拉夫

巴利・拉夫是伊仁的哥哥，聲音響亮，為人忠直。他很熟悉昔日的世界——人人都會使用魔法、天空有獨角獸的時代。巴利致力於保育歷史，甚至把自己綁在很有歷史價值的噴泉旁，阻止官員進行清拆。他總是熱衷於教導伊仁有關冒險的事情，又幫助他尋找自己內心裏那強大的戰士。

露露·拉夫

露露是個單親媽媽，有兩個兒子——伊仁和巴利。她為人勤儉仁慈，並盡力激勵伊仁更有自信，以及提醒巴利放下過去，放眼未來。露露決意要保護兩個兒子。在有需要的時候，她會變成一個強大戰士避免兒子受到傷害。

妮妮公主

妮妮公主不只是一輛搖搖晃晃的舊貨車，它是巴利的傑作和坐騎，是戰士應有的戰車。巴利一手一腳重建了這輛車——由車軸到冷氣，甚至在車身畫上飛馬圖案。妮妮公主帶給巴利無窮驚喜，雖然它偶爾會用光汽油或撞掉了保險槓，但它永遠不會讓巴利失望。

《往昔任務》
(Quest of Yore)

對巴利·拉夫而言，《往昔任務》並不只是一個桌上遊戲——它是一個有歷史根據的角色扮演遊戲，讓過去的奇幻時刻能在今日重現。只要一位真正的魔法師有足夠的練習，並能駕馭魔法的藝術，他便可以運用《往昔任務》的規則、法則和咒語。

魔法生物

人面獅

人面獅是蝙蝠、獅子與蠍子的混合生物，她開了一間酒館，顧客可以在那裏吃油炸食物和舉辦生日派對。這位一千歲的前戰士曾經過着天天冒險的生活。雖然她現在的工作主要是傳菜和修理壞掉的卡拉OK機，但以前她會進行危險的任務。人面獅心底裏仍想要冒險，她只需要喚醒心裏潛藏的欲望，便會變回戰士。

喬保哥警官

新蘑菇鎮的警官喬保哥是半人馬：一半是馬，一半是人。他很喜歡他的女朋友露露．拉夫，但卻不太擅長跟她兩個兒子伊仁和巴利溝通。昔日，半人馬的奔跑速度可高達每小時一百一十二公里，但喬保哥以車代步，而且在細小的房間裏有時難以控制他後半身的行動。

巴士

昔日那些稱霸世界的龍，又巨大又富攻擊性，在冒險旅程中會攻擊魔法師和戰士；如今的龍都是很可愛的家庭寵物。巴士是拉夫家的寵物龍，牠細小而友善，不太喜歡水。牠最愛把伊仁撲倒在地，還能噴火——但只有在玩耍的時候才會這樣做。

露珠

昔日的小妖精漫天飛舞，為世界帶來喜悅。如今，他們通常都會在油站流連，或駕電單車四處出沒。露珠是小妖精電單車隊的隊長，並不太喜歡聽見別人提起過去的事。她好勇鬥狠，要是任何人妨礙到她，即使事情並不嚴重，她也準備好隨時開戰。

「要咒語生效，你必須由心而發，
毫無保留，真心誠意地唸出來。」

——巴利

「從前，這個世界充滿了奇幻的事物。」
「每天都是刺激的冒險，而最神奇的是……」
「當時有魔法！」
轟轟炸！
「魔法幫助了許多有需要的人。」
「不過，魔法並不容易操控，於是人們找到另一種更簡單的方式來生活……」
我稱它為燈泡！
「隨着年月逝去，魔法也逐漸消褪……」
按
鬧
鐘
166

媽媽，
早晨！
跟我說：「我是個
強大的戰士！」
MIGHTY
啊！
巴士，走開！
你這條壞龍！
噴 噴
生日快樂啊，你
長大成人啦！
嗯，別這
樣，媽媽！
咦，你穿着爸爸的
衛衣呢。
是的，終於合
身了。
我上學前要吃點
東西。

別碰那個！那是為你今晚的生日派對而準備的。
媽媽，算不上什麼派對，就只有我們三個而已。
你可以邀請科學班的同學來啊，你説過他們看來「有型有格」。
我很肯定沒有這樣説過，況且我跟他們不熟。
嗯，生日是個嘗試新事物的好日子，讓你成為「全新的你」！
別動！我弟弟夠膽跟我一起並肩作戰嗎？
你知道嘛，很久以前，但凡十六歲的男孩都會到絕望沼澤去證明他的實力。
我不需要證明什麼。放開我！
好吧，但我知道你其實很強的，你體內有一個強大的戰士。
你只需要把他釋放出來。

不久後，當伊仁的哥哥
去倒垃圾的時候……
咦？喬保哥。
巴利，巴利，巴利。
每次這個城市想要拆毀一塊舊
石頭，我都被逼要走到老遠
來找你。
我不明白你在
説什麼。
噢，是嗎？
我不會讓你拆毀這個噴泉的！
它年代久遠，連偉大的古代
戰士也曾喝過這些泉水！
巴利……
他們在破壞這個
城市的歷史！
喬保哥，進來坐
坐，休息一下吧。
謝謝你，親愛的。

巴利，我是認真的。你該少點想着過去，多想想自己的未來。
她說得對，你總不能整天玩桌上遊戲。
砰
《往昔任務》並不只是桌上遊戲，它是有歷史根據的角色扮演遊戲。
伊仁，你可以在《往昔任務》裏學到很多東西。你也想玩嗎？
你可以當個狡猾的流氓，或者……我知道了！你可以做魔法師！
喂，小心點，別弄髒爸爸的衞衣。
我根本沒有印象爸爸穿過這件衞衣。
是的，因為你只記得爸爸的兩件事。
不，有三件事。我記得他的鬍鬚很扎手，笑聲很滑稽，還有我常常在……
他的腳上打鼓！
巴利！

當伊仁在上學途中去買食物時，遇上一位跟他爸爸一起讀大學的朋友……
孩子，聽説你爸爸離開了，節哀順變。
你爸爸是個很厲害的人！他很有自信，每當他出現，周圍的人都會注意到他。
他每天都會穿那對超難看的紫色襪子。
為什麼？
他就是夠大膽，我也希望自己可以像他那樣勇敢。
是的。
後來，在學校裏……
全新的我
勇於表達意見
學習駕車
邀請別人來派對
要像爸爸那樣勇敢

但對伊仁來說，要勇敢表達自己的想法實在很難……
學駕車也沒有他想像般容易……
直接切線過去就可以了！
我還未準備好！
而當伊仁邀請朋友來派對時……
好呀。
可以。
當然好。
嗚嗚
噢，不……
哈！那位就是今天的壽星嗎？看吧！你的戰車來了！
巴利……我們其實打算坐巴士……
巴士？我可以用這輛妮妮公主來載你和你的同學啊！
啊，我剛想起我的生日……嗯，取消了，我意思是派對取消了。我要走了，再見！

回到家裏，伊仁聽着父親的舊錄音帶……然後跟那把聲音說說話，彷彿父親還在生一般……
嗨！爸爸，是我，伊仁。你今天過得好嗎？
嗯，還好吧。
我很想可以跟你一起玩。
我知道。
我們可以一起做很多事情，一定會很好玩的！
好，到時看看。
咔
爸爸在我這個年紀時是怎樣的？他一直都很有自信嗎？
噢，不是的，他也花了好一陣子才找到自我。
真希望可以認識他。
我也希望如此。但我有一份禮物給你……是你爸爸留下來的。

他說等你們兩個都過了十六歲，才交給你們……
是魔法權杖！
爸爸是個魔法師！
還有一封信。
我知道
到這封
絕不容易……
定能通過。
魔法已經失效，但我
還殘留少許魔法。
孩子長大成人。
起死回生咒語？
起死回生咒語
這個咒語可以帶他回來一整日，爸爸會回來啊！
這個強大的咒語需要一件輔助法寶。若要咒語生效，就必須要找到……鳳凰寶石！
我可以見爸爸了？
賜予重生，僅此一次。
重返人間一日，直到日落為止。
然而……
很抱歉你們見不到爸爸，但這也顯示出他多麼想見到你們。

可是，當伊仁唸咒語時……
噢，我的天啊！你是怎樣……
我不知道呀，我什麼都沒做！
滋滋滋
嘩，是腳！
等等，我可以幫忙！
轟
巴利，不要！
爸爸？
他只有一雙腿！沒有了上半身，我肯定爸爸是有上半身的！

咒語只會生效一天。明天太陽下山後，他便會消失，我們再也無法帶他回來了。
我們要再唸一次咒語……
是你唸咒語，只有你擁有魔法天賦。
但我甚至唸不完咒語。
嗯，你會有很多時間練習，因為我們要去找另一顆鳳凰寶石。
我們就由所有任務展開的地方開始吧，即是人面獅酒館！這間酒館是由一個勇敢的探險家經營！
沒多久，他們坐着巴利的小貨車離開城鎮……
我覺得跟沒有上半身的爸爸談話有點奇怪，所以……登登登登！
嘩，這主意很不錯呢！
爸爸別擔心，我們很快會把你的上半身召喚過來。然後我第一件要做的事，就是向你介紹妮妮公主。

是我親自重組這輛妮妮公主，由車軸到冷氣都是我一手一腳組裝的。
呼嗖
你只是想向爸爸介紹這輛車？這就是你清單上的全部內容？
什麼清單？
我剛剛在列一張清單，寫下想跟爸爸做的事。例如一起打球、散步、上駕駛課，還要跟他分享我整個人生。
很好呀，但在下次唸咒語前，你要先練習一下魔法。
這本書是玩遊戲用的。
《往昔任務》的一切都有歷史根據，連咒語也是！年輕的魔法師，現在開始練習吧！
同一時間，在家裏……
啊！

上上升。
上上升。
我無法施展這個懸浮咒語。是我唸錯了嗎？
你沒有唸錯。但要咒語生效，你必須由心而發，毫無保留，真心誠意地唸出來。
上上升。
不，要由心而發！
上上升！
要毫無保留，喊出心中那團火！
別說心中那團火了！我根本不擅長這樣做！
別着急，這是個好開始呀。
DOOM

好！要鼓起勇氣了，我們來到人面獅酒館啦！
這間酒館多年來的確改變了一些，但人面獅可是貨真價實的啊！
Gorgon Gumbo $2.49
SPECIALS
Kitchen
快來幫幫我吧！這些獅身鷹首獸肉批早該上菜了！
她就是人面獅？
噢，實力高強又偉大的人面獅！我和弟弟想要尋找鳳凰寶石的地圖！
那你就來對了，我正好有你需要的東西。看這張羊皮紙！
那是個兒童餐單吧。
很有趣吧？這全是改編自我的舊地圖。
尋找
孩子們！幫幫我！
鳳凰寶石！
解開字謎就會知道尋找寶石的方法！
ANERNOSVPIT
餐單
茶或水

但巴利和伊仁想要真正的地圖……
你不能拿走這張。
咦，那是什麼？
是我們的爸爸，我們有機會可以見到他……
但是……條件是要擁有鳳凰寶石。
不……我已經不再把人送去做危險的任務了。
細細粒，那部卡啦OK機又壞了。
我實在很抱歉，但若你在執行任務期間受了傷，你説誰會被控告，還會失去一切？我不想再冒險了！
你看看畫中的人面獅，她活着似乎就是為了冒險！
我究竟做了什麼？這個地方本來是充滿危險和野性的……

大家離開吧！酒館已經關閉，將要進行裝修工程！
熊熊
地圖！不要！
爸爸！
上上升！
咔咔
砰砰

哈哈！真的不可思議！你很快便掌握了爸爸的咒語了！
只是我們沒有地圖……
但我們有這個！最值得慶賀的是小琪娜已經解開了字謎。
我們只需去找烏鴉尖。
解開字謎就會知道尋找寶石的方法！
小琪娜
生果
獅身鷹首獸翼
五成熟 或 七成熟
海怪腳
配海水醬
烤或風乾野獸肉
神奇脆片配獅身鷹首獸肉
魔藥
霧山汽水、厄運汽水、斗篷薑啤、茶或水
ANERNOSYPIT
RAVENS POINT
那寶石一定在山上。
似乎沿高速公路走就能到達。
高速公路太明顯了，執行任務時，最明顯的那條路往往不是正確的路。
直覺告訴我，我們應該走這條被遺忘的古道：冒險大道。
我知道你希望像玩遊戲般冒險，但重點是要盡量爭取時間與爸爸相處！
我們應該選高速公路。

在人面獅酒館外……
我已經告訴過你了，當時有兩個十來歲的精靈……
那是我的兒子！他們往哪裏去了？
他們在執行任務，去尋找一顆鳳凰寶石。但不用擔心。
我已經跟他們說過有關地圖、寶石和詛咒的事。
噢，不好了！我忘了告訴他們會有詛咒！
你兩個兒子已經身陷險境！但我可以幫忙……
好的，那麼要怎樣幫他們？

同一時間，兩個孩子的車沒汽油了。
只剩下幾滴而已。
有沒有取得汽油的魔法？
用放大咒語！只要讓汽油罐變大，裏面的汽油也會跟着增長！
好吧，放鬆，記住心中那團火，我們來吧。
沒這麼簡單，放大咒語是高級的魔法。
你要遵守一條魔法守則，那是令咒語生效的特別規則。
這條守則是「要放大一件物件，便要放大你對它的注意力」。當你唸咒語時，不能有任何事物讓你分心。
Quests of Yore
好吧。
哎呀！魔法權杖上有刺！
放大，長長長！
集中精神呀。

再集中精神……
巴利！
唉，算了吧！
閃
成功了！汽油罐變大了！車子也變大了！
你也變——糟了，看來是你把我縮小了！
什麼？怎會這樣的？
如果你唸咒語失敗，就會有反效果。
我唸咒語失敗是因為你一直在騷擾我！
我只想幫你！

巴利、伊仁和爸爸一起到油站去。
沼澤油站
爸爸，放心，巴利跟我在一起。
爸爸，我沒事，這些副作用遲早會消失的。
這時，露露開始了解到有關詛咒的事。
那是一個守護咒，當你的孩子拿到寶石後，詛咒便會解開，變成一隻強大的怪獸。
但你說可以幫助他們的，對嗎？
每個詛咒都有一個核心，那是它力量的來源。只有一件武器可以摧毀這個核心——破咒劍！
我把它賣掉了，但別擔心，我知道要到哪裏找回它。
破咒者
孩子們，我很快會來救你們，你們千萬要保重。

可惜已經太遲了……
以前的小妖精會飛來飛去，到處散播歡樂。如今你的翅膀卻沒用了，因為你已不再使用它。
你是說我懶惰嗎？
不，不。不是你，是你的祖先。
你說我的祖先怎麼了？
對不起！我很抱歉！他也想跟你道歉！你根本不用飛，我的意思是，你已經有一輛很好的電單車了！
你在做什麼？
巴利，我在努力地照顧你和爸爸，還有——
爸爸，快過來吧！
砰
砰
砰

我們死定了！
死定了！真的
死定了！
別擔心，他們
拿不動那些電單
車——
嗚嗚
噢，原來他們
力氣這麼大。
開車吧，
伊仁！
擊中
好，你現在
要切線！
我肯定做不到！
你可以的！
我還未準
備好！
你永遠也不會準備
好！切線吧！

嗚嗚
哈哈！
做得好！
捉住他們！
我做不到！
伊仁！
集中精神！
你一定要集
中精神，否則我們
全都死定了！
保持冷靜！
保持冷靜！
呼

吱吱吱吱
!!!
砰嘭
什麼！
爸爸，你還好嗎？
他沒事，感謝伊仁．拉夫高超的駕駛技術！來擊掌吧！
看來咒語快要失效了。

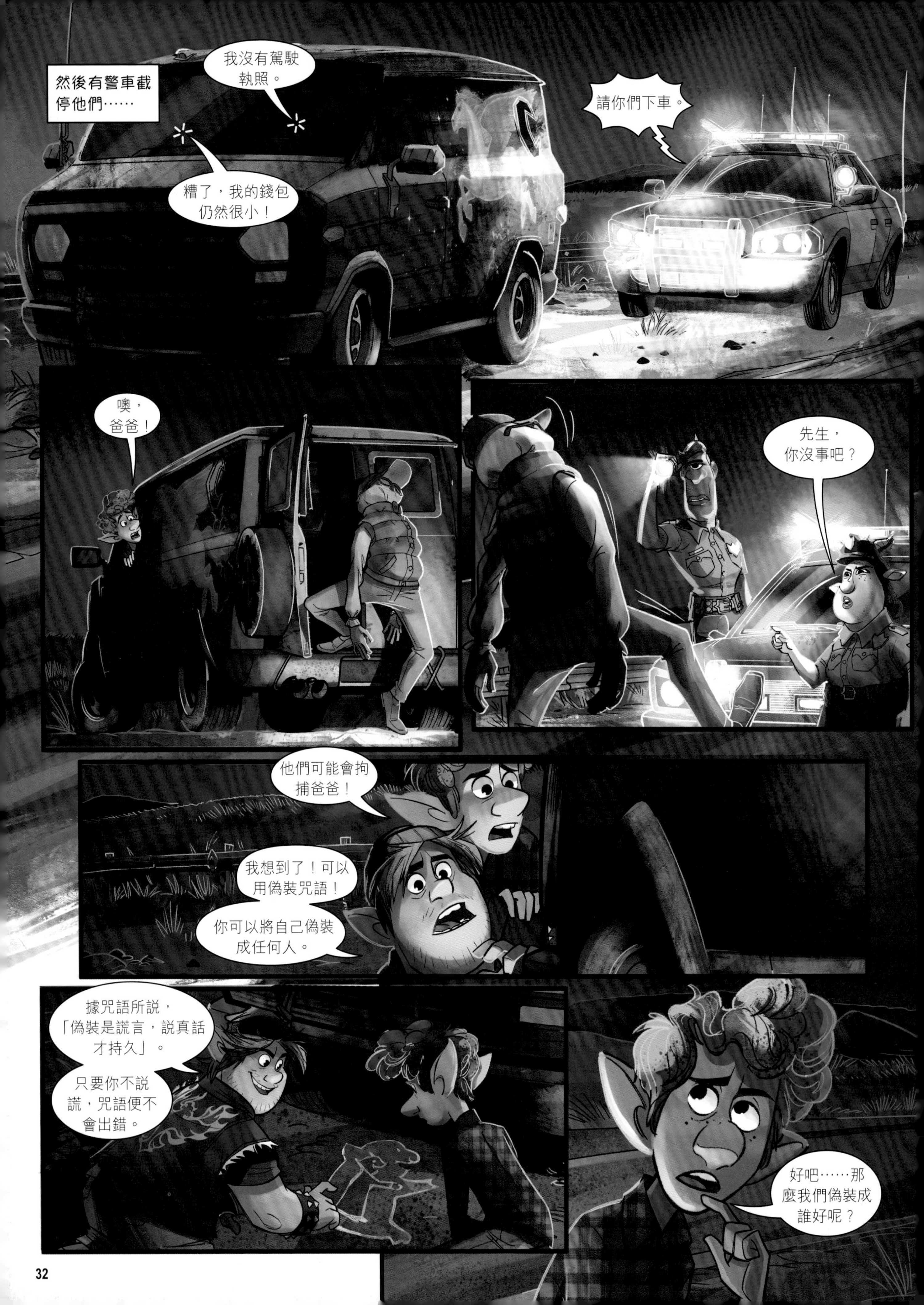
然後有警車截停他們……
我沒有駕駛執照。
糟了，我的錢包仍然很小！
請你們下車。
噢，爸爸！
先生，你沒事吧？
他們可能會拘捕爸爸！
我想到了！可以用偽裝咒語！
你可以將自己偽裝成任何人。
據咒語所說，「偽裝是謊言，說真話才持久」。
只要你不說謊，咒語便不會出錯。
好吧……那麼我們偽裝成誰好呢？

喬保哥警官？
我以為你在城鎮的另一邊工作。
嗯，我改變了主意。
消失
魔法會失效的！
你不能再説謊了！
你在這裏做什麼？
嗯，我們……在給伊仁進行駕駛訓練。
他似乎有點不妥，你看來也不太對勁。
我不太擅長面對這種情況……還開始有點緊張。我不知該説什麼，好像什麼都做不好似的……
我大概知道發生什麼事了，當繼父可不容易。
放他走吧。

喬保哥，我一點也不羨慕你呀，拉夫家的孩子很難管教。
我不太同意你的說法，我認為伊仁相當可靠。
不是伊仁，我指他哥哥。他真沒用，你該不會不同意吧？
嗯，我不同意！
消失
什麼？
喂，喬保哥瘋了吧。
咦？
總部，
可以轉駁給喬保哥警官嗎？

後來，在車上……
巴利，我……我不知道剛才發生什麼事，但我不覺得你沒用。
巴利！
我不是一無是處的！
我沒有説你是！一定是那魔法出錯了！
我完全不知道魔法是怎樣運作的！只知道我們今晚做的一切全都錯了！
因為你沒有聽我的話！你總覺得我想的是壞主意。
當然不是。
是嗎？那我認為現在該走冒險大道。
在正常情況下，我會認同這是個好主意……
看吧！
啊？
什麼？

他在做什麼？
我猜他感應到音樂的節拍，所以他應該是在……跳舞。
過了不久，爸爸跟兩個孩子都跳起舞來……
他們拉近了彼此的距離。
你真的認為冒險大道是上山的最佳路徑嗎？
好吧。

在姬卡林當舖……
你好，老朋友，這是把獨一無二的劍。
四十元吧。
噢，既然是把獨一無二的劍，那麼……就收你四萬元吧。
你不可以這樣！
我就是這樣。
你知道我是誰嗎？
某個有翅膀的熊蛇女士？
是有翅膀的人面獅女士！
你殺了她！
沒事的，她只是暫時麻痺了。
我多付你一些錢，給你添麻煩真不好意思。
喂！

在冒險大道上，巴利和伊仁來到了無底深淵……而把橋拉下來的控制桿在深淵的另一邊！
滋滋
現在要用信任之橋咒，唸出「橋樑，隱隱現！」的咒語吧。
橋樑，隱隱現！
沒用呀。
不，咒語仍然生效，你必須踏上去才知道有沒有用。
踏上什麼？
只要你相信有橋，就會有橋。
我不會踏上空氣的。
於是……
放心，你可以的。
哈哈！成功了！
你做到了！自信地邁步吧！

太厲害了！我一點
都不害怕！
你還拿着繩子，
對吧？
當然！我還拿着，你繼續向前走
吧！我們要見爸爸，你記得嗎？
爸爸，最後一步是
為你而走的——
哈哈！爸爸，
他做到了！

當伊仁把橋降下來後……
是烏鴉，可能字謎指的並不是那座山……
而是指「跟隨烏鴉雕像嘴尖指着的方向」！
我們也許走錯了方向。
那裏有另一隻烏鴉！那隻可能又會指向另一隻烏鴉，直至找到寶石為止！
可是……
滋 滋
你們這次惹上大麻煩了！
不，不，不，喬保哥，我們找到一個咒語。只要在太陽下山前施咒，就能見到爸爸。

啊！
不，快上車，
我會送你們回家。
好的，我們
回去吧。
伊仁……
他是警官呀。
不過……
哈哈！伊仁·拉夫
居然違反紀律！
我也想不到，
我竟然在警察面前
逃跑！

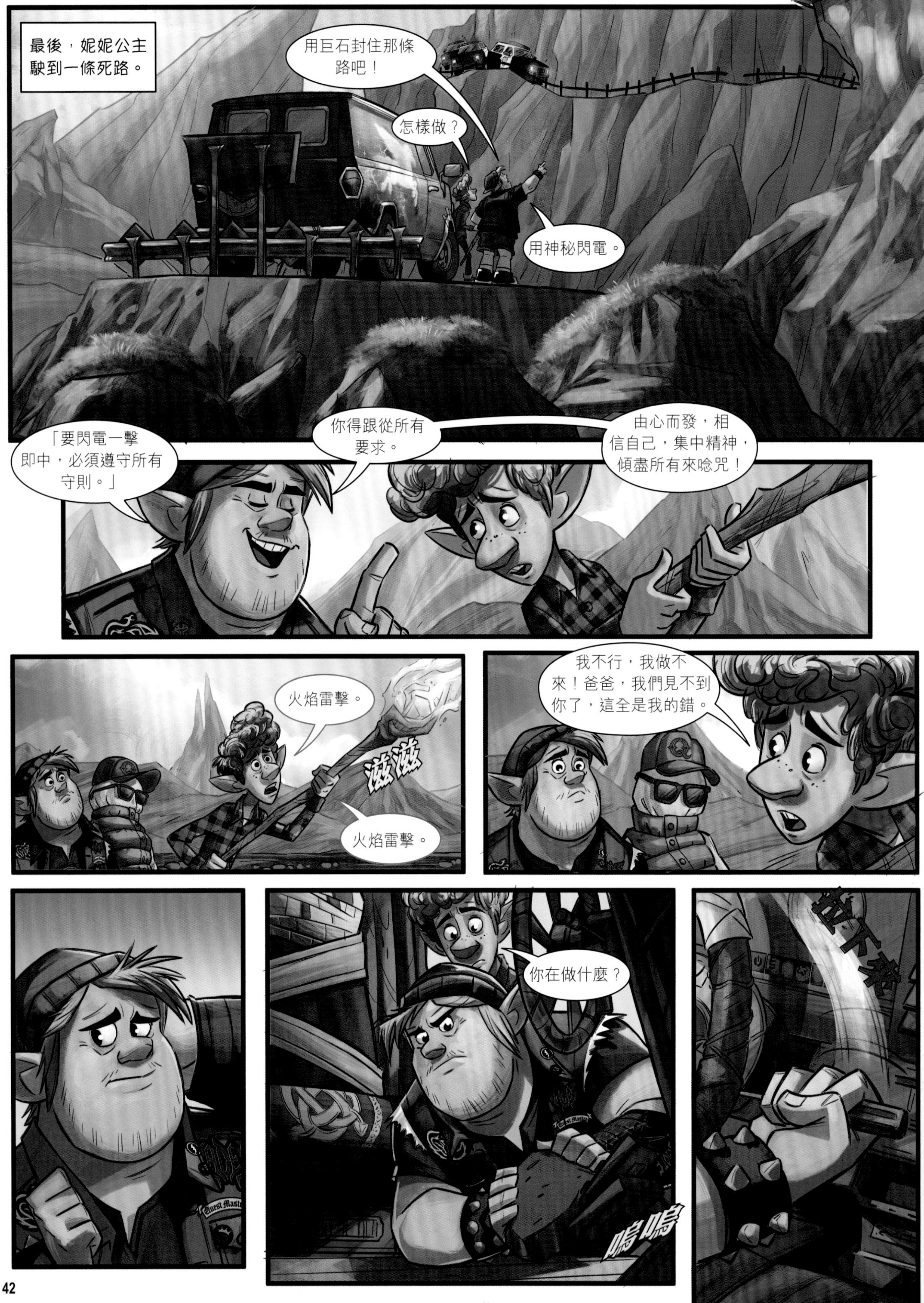
最後，妮妮公主
駛到一條死路。
用巨石封住那條
路吧！
怎樣做？
用神秘閃電。
「要閃電一擊
即中，必須遵守所有
守則。」
你得跟從所有
要求。
由心而發，相
信自己，集中精神，
傾盡所有來唸咒！
火焰雷擊。
滋滋
火焰雷擊。
我不行，我做不
來！爸爸，我們見不到
你了，這全是我的錯。
你在做什麼？
嗚嗚
拔下來

嗚嗚
封路
轟隆
巴利……
只不過是一輛破
爛的舊車而已，來吧，
我們要走了。

伊仁、巴利和爸爸跟隨烏鴉雕像的指引，找到一條隧道和最後的提示……
這符號看來是水。
那麼「X」是什麼意思？
執行任務期間，「X」只有一個意思。只要涉水走到盡頭，就會找到鳳凰寶石。
在隧道內……
啊！
噢！
這隧道可能長幾公里，我們沒時間了。
如果有一些可以浮的東西，（咬一口零食）那就可以用加速咒語，極速走到隧道盡頭。
伊仁對零食唸出「放大，長長長！」，再唸出「快快加速！」。
嘩！這真的很酷呢！

就在這個時候……
！
啪
砰嘭！
這位女士，你差點撞死我了！
你們怎麼突然出現？
你駛進了我們的飛行航道！
不好了！車撞毀了！現在怎樣去找你的孩子？
來吧，各位小妖精，我們飛上天吧！
你不如熱熱身，伸展一下翅膀，好嗎？
在隧道內，巴利把他對爸爸的第四個回憶告訴伊仁。
爸爸生病的時候……我本來打算進去跟他說再見。但他的樣子好像不同了，我很害怕……不敢進去。
之後，我決定了，以後再也不能因害怕而退縮。

到達隧道盡處，再經過很多陷阱後……
鳳凰寶石就在門後面！
爸爸，我們終於成功找到寶石！
菇鎮大學
我們回家了？
不，那不合理。我們走進冒險大道，又跟着烏鴉雕像的指示……
寶石是在山上，如果沒有聽你説的話，我們早幾個小時就可以到達那座山！你看似知道自己在做什麼，但其實根本一點頭緒都沒有！
你真沒用！我從未見過爸爸，如今你把我最後一個跟他見面的機會都奪走了！
你要去哪裏？
跟爸爸共度最後的那點時光。
伊仁，等一下！只要繼續尋找，我們還是可以找到鳳凰寶石的！伊仁！

巴利繼續尋找那古老的寶石……
到底在哪裏？
有人可以報警嗎？那個歷史迷又來了！
伊仁想起自己希望跟爸爸做的事情……
我還未準備好！
你永遠也不會準備好！切線吧！
才發現全部都已經完成了……
是跟哥哥一起完成的。
找到了！伊仁，你看！
巴利！小心後面！
是詛咒！

吼吼吼
快逃！
呼嗖

嗚啦
滋滋
是人面獅！
這邊交給我們處理。快去見爸爸吧！
媽媽！
只要他們用那把劍刺進巨龍核心，詛咒便會解開！來吧！
快日落了！
賜予重生，僅此一次。重返人間一日，直到日落為止。
咔嚓

哎呀，
我的背！
我是個強大的
戰士……
我是個強大的
戰士！
刺進去
快點！
我撐不了多久！
砰
孩子們！
巨龍又來了！

我去分散牠的注意力！
什麼？
不，你要跟爸爸說再見！
一直以來都有人關注我，鼓勵我成長。我從來沒有爸爸……但我一直有你。
橋樑，隱隱現！
轟轟炸！
撞
不！
權杖的刺！
放大，長長長！
嘶嘶嘶

火焰雷擊！
咔轟咔轟
呼嗖
快快加速！

啊！
他說了什麼？
他說對你的為人
感到自豪。
這也要多謝你，
那全是你的功勞。
他也說了類
似的話。
噢，他還叫我
給你一個擁抱。

一年後，伊仁知道
他爸爸是對的。
我認為生活中會
一點點魔法的話，你幾乎
可以做到任何事情。
世界上的確還有一點點魔
法留下來！
真好！
伊仁和巴利在彼此身
上發現那種魔法。
好吧，前往公
園的最佳路徑是經過
那條廢墟小徑。
太明顯了，執行
任務時，最明顯的那條
路往往不是正確的路。
如今，他們已經準備好一起去探索
這個充滿奇幻事物的世界……
完

「我是個強大的戰士！」

——露露

½ 的魔法（漫畫版）

改　　編：Alessandro Ferrari
繪　　圖：Disney Storybook Art Team
翻　　譯：張碧嘉
責任編輯：龐頌恩　林沛暘
美術設計：蔡學彰
出　　版：新雅文化事業有限公司
香港英皇道499號北角工業大廈18樓
電話：(852) 2138 7998
傳真：(852) 2597 4003
網址：http://www.sunya.com.hk
電郵：marketing@sunya.com.hk
發行：香港聯合書刊物流有限公司
香港新界大埔汀麗路36號中華商務印刷大廈3字樓
電話：(852) 2150 2100
傳真：(852) 2407 3062
電郵：info@suplogistics.com.hk
印刷：中華商務安全印務有限公司
香港新界大埔汀麗路36號
版次：二〇二〇年三月初版

ISBN：978-962-08-7436-9

Published by Sun Ya Publications (HK) Ltd.
18/F, North Point Industrial Building,
499 King's Road, Hong Kong
Published in Hong Kong and printed in China